能祖将夫魂踏み書肆山田

目次——魂踏み

# 魂踏み

# 抒情

鬼が出るか蛇《じゃ》が出るか
おそるおそるふたを開けると
片隅にぽつんと
ひざを抱えた子供がひとり

どうしたんだい？　と声をかけても
唇をかんでなにも答えず
いっしょに遊ぼうか？　と誘っても

頭《かぶり》を振ってうつむいているだけ
だんだん腹が立ってきて
なんだいこいつとポカリとやると
まぁ泣くこと泣くこと
せきを切って真っ赤になって
この世のものとは思われないほど
大きな声で泣いて泣いて
らちが明かないのでふたを閉めて
また胸の奥にしまったんだ

鬼より蛇よりたちが悪い
あんなのがいたんだな
遠いところで

まだ泣いているのが聞こえてくるので
泣きたくなるのはこっちだよと
胸を静かになでながら
歌でも歌おうと思ったんだ

# 梟

学校帰りによく
近くのちいさな動物園に寄って
ふくろうを見ていた
ふくろう舎に一羽きりの
高い止まり木にまるく止まった
遠くを見ている白ふくろうだ

閉園時間が来て

外に出るともう日暮れ
そんなとき
（あれはなんだったか）
ときどき見えるものがあって
電信柱の天辺にやはり白いものが
ぽつんとまるく止まって
目があるわけでもないのに
空を見ていた

ぼくもそうしたかったけど
重たいものがいろいろあって
できなかったんだ

# 通過猫

ふと泣きたくなった

猫がぼくを通り過ぎていったから
と君は言う
通過されても
ぼくには分からない猫だけど
通過されると
どうやら泣きたくなるらしい

君の視線が上がっていった
猫が昇っていったのだ
日溜まりのような、青光りの猫の国へ
と君は言って
手を振った
猫もきっと振り返って肉球を振っている
と想像して目を閉じる

ぼくには見えないけど
通過されると
なぜだか泣きたくなる猫がいるんだ

## 抜けて

わたし蛇になったの?
いいえきっと
抜け殻になったの
蛇の抜け殻になって
お天道様に照らされて
乾いてゆくの

ようやっと

日の目を見ることができたわ
お天道様ってまぶしいのね
ぽかぽかして
いい気持ち

わたしのナカミはね
旅に出てるの
白い
生臭い
湿った尾をずるずる引いて
夜をずっと
旅してるの

わたしのナカミ
だいじょうぶかな？
ちゃんと夜を
抜けられるかな？
夜を抜けたら
わたしみたいな抜け殻になって
ナカミのナカミが
また新しい夜を這うのね

# もしもの

もしもの時のために
これを置いていきます
もしもの時が来たら
使ってください

わたしたち
お別れするけど
愛するあなただから
この世の滅ぶ
もしもの時が来たら
使ってください

# 斜陽

夕陽は不良だ
優しく愚《ぐ》れて暮れてゆく

もはや時代遅れの朝と昼に反抗し
来たるべき未来の夜にも反逆して
わずかこの刹那にしか居場所がないかのように
やり場のない情熱をこのひとときに賭けて
傾けて

墜ちるところまで墜ちてやれ

美しい血を真っ赤に燃やして
はにかむような笑みを浮かべて

やってられねぇ

優しく優しくやさぐれて
暮れてゆくのだ

だからさ
その真っ直ぐな羞じらいに照らされて
こっちまで赤くなっちまうじゃねえか

# 時の又三郎

やたらと風が吹いていやがる
まどろみのベッドで丸まったまま
耳だけ尖って冴えていやがる
こんな朝には
きっとあいつがやってきて
ガラスのマントに身をくるみ
朝一番の席に座っていやがる

時代を路上を炎の上を
疾風《はやて》のように駆けたおまえの怒りが
今またふいに昨夜《ゆうべ》からの風に煽られ
遠い記憶の気流に乗ってやってきて
砕けたマントに身をくるみ
そうしてじっと座っていやがる
そこは俺の席なのに

俺は今日、座る席がないじゃないか
やたら吹く風に向かって
行けというのかおまえは

# 恋、あるいはミューズの殺人

ぐうの音も出やしねえ
完膚《かんぷ》なきまでにやられてしまった
心の臓の奥の奥まで
こうして抉《えぐ》られてしまっては

それと言うのもあいつのせいさ
出会ったとたんたちまち射抜かれ
手繰《たぐ》られ刳《く》られ

血は吹き出るわ心臓は飛び出すわ
俺の胸はもう
空っぽじゃねえか

空っぽのところに風が吹いて
雲まで浮かんで流れていやがる
俺は死人か、あるいは詩人？

# 血暮れ

なにもかも
機関銃で
機銃掃射したくなる
夕暮れに
途方に暮れて

血に暮れて
白いシャツが
返り血を浴びて
赤く染まった

# 納期

生前、お預かりしたものを
さて、お達しの通りに
どれだけ磨けたものやら
(今思えば
研磨用の艱難《かんなん》までいただいて)
心許なくはあるのですが
いよいよの時が来たのですね
どうぞお納めください

# 魂踏み

代々、魂踏みを生業《なりわい》にしています
ええ、踏むわけで
魂
白、黒、赤、青、ピンクに紫…
色々ですからね
飛んできたやつを捕まえて
仕分けて
大きなタライに入れて
踏むんです

骨折れますよ
実際、仲間の中にはね
折れたやつもいます
折れたというか
食い千切られたわけで
踏んでた足をガブリと
やつら凶暴ですからね
少しも油断出来ない
往生際が悪いんです
洒落にならないか

幾晩もね
寝ずに踏みます
すると段々色が抜けて
透き通っていくわけで
そうなるともうやつらも諦めて
でもその方がやつらだって
楽なんです
安心して透けていきますよ

色が抜けたらね
そりゃもう無邪気になっちゃって
可愛いもんですよ
あんなに凶暴だったのにね

後は川に流してやります
喜んで流れていきますね

色の方はね
売れますよ
五年十年寝かせて
飲むこともありますし
染め物にもね
使いますから
そう、だいたいは
空を染めますね
白、黒、赤、青、ピンクに紫…
魂《たま》絵の具にして

少し溶いてね
混ぜ合わせたりしながら
染めるのに使うんです
空

# たまつくりべ

え？
なんのために生まれてきたかって？
あたしが？
なんです藪から棒に、そんなこと聞いてどうすんです？
どうしても答えろ？
そんな怖い顔して
それじゃま、考えてみますがね
正直そんなこたぁ考えたこともない
ちゃんちゃら可笑しくって、いやホント

けど
今思ったんですがね、もしかしたら
こいつをつくるために生まれてきたんじゃないかって
いや、こいつをこねてるでしょ、ひたすらこねてると
今まであったことが、いろいろ思い浮かんで
いいことと悪いこと
嬉しかったり悲しかったり
傷ついたり傷つけたり
そりゃいろいろありますよ誰にだって
大袈裟なことじゃなくても
そう、夕べの、飯とか、夢とか
子供の頃の、匂いとか、夕焼けとか

ほんのささいなことも
ささいなことほど、かな

で、カタチにするうち
無心になっていくんだな、なんにも考えない
考えは手から先の
カタチに乗り移って、なんにも考えてない
思い返すと不思議な感じで
うまく言えませんが
空っぽ？

こうやってね

出来たものを見て、びっくりすることがあります
へぇ、こんなものがつくりたかったのかって
つくってるときは無心で、手が勝手に動いてますから
そりゃびっくりするわけで
でも、つくったのは紛れもなくあたしで
するとこいつをつくるために生まれてきた？
生きてきたことにもなるわけで

あまり変なこと聞かないでくださいよ恥ずかしい
目覚めが悪くなりそうだ
え、もう目覚めないからいいだろうって？
アナタ誰です？　ちょっと偉そうじゃありませんか？
これがお前の最後の玉だって？

そうですか？　そう言や
そんな気になってきました、　おかしなもんですね
するとあたしゃ一生かけて
こいつをつくるために生まれてきたわけだ
へぇ、なるほどねぇ
こんな魂《たま》がつくりたかったんだな

# 釣り堀

魂の釣り堀のことなら聞いたことがある

場末の堀に魂が放たれ
蒸気のような
燐光のようなものの中を
ぼんやり泳いでいるのだ

その回りを四角く囲んで
幾人か
幾十人か
幾万人かが黙りこくって
糸を垂れている
ほとんどが年寄りに見えるが
そうでないかもしれない
釣れると期待の眼で眺め
だが大概は失望して
リリースする
納得すると大口を開け
大慌てで躍り食いのように飲み込んで
去ってゆくのだ

誰から聞いたのか
思い出しかけて思い出せないまま
いつかそこで釣りをしたことがある
ような気がした

# 脱魂

脱糞の如く
脱魂する、と言った人がいる

その人によると
魂は日々代謝していて
魂の残滓は溜めておくと
毒になるそうだ
だから脱魂しなくてはならないのだが

その方法はいたってナチュラルで
（俄には信じがたいのだが）
脱糞と同時に行われるという
つまり古い魂は
便と一緒に尻の穴から抜けてゆくわけだ
あの匂いの幾ばくかは
古い魂のものらしい

その人が言うには
便と魂とは相似形をなしていて
便を見れば健康状態が分かるように
魂の状態も分かるらしい

糞詰まりや下痢便を避け
（魂詰まりや下痢魂を避け）
ストレスを溜めずに早寝早起き快食快眠
快便を目指しましょう（快魂を目指しましょう）
と、その人は言った

# ひらひら

海の底で
ひらひらがそよいでいる

ひらひらは
ひらたいひとの形をして
ぼんやり口を開けているが
たまに悲痛になったり
歓喜したり

激しい表情を浮かべるのは
海流の加減によるのか
それとも
加速する記憶があるのか

ひらひらは
ずっと底にいる
そこがどこであろうと
ひらひらはずっと底にいて
たまになにか思い出したように
目を見張ったり
細めたりしながら
そよいでいるのだ

# かな

夏の日暮れの蜩《ひぐらし》の鳴くなか
その犬は歩いて
いる
かな

とつぜんおそってきたかなしみに
さっきまで犬だったはずが
いぬになったようにかんじたイヌは

そんざいのゆらぎに
とまどいながらあるいて

いる
かな
いぬ
かなかなかな

# 星

死んだら星になるって
田舎で
いっぱいの星を見ながら
ばあちゃんに聞いたとき
あの中にはじいちゃんもいて
犬のシロも文鳥のぶんちゃんもいて
あんなにいっぱい笑って光ってる
って思った

家に帰って
家は都会で
都会では星が見えないから
死んだ人が少ないのかと思ったけど
そうじゃない
笑わないから光らないんだ
都会で死んだ人は
死んでもむすっとしてる

ママもパパもこのままじゃ
死んでも光らない
ね

# 夕陽ヨリ

ね、母さんが呼んでるから
　ごはんですよ
はやく帰ってきなさい
悪い夕陽にさらわれますよ

あの日
ぼくはさらわれたかったんだ
いや、きっともう
さらわれてしまった

だから今でも
来るじゃないか、手紙が
夢の郵便受けに
夕べも

返シテホシケレバ
一人デココマデ来イ
何モ持ツナ
誰ニモ言ウナ

こんなに大きくなった
今でも

# 垂乳女《たらちめ》

重《おも》った乳房をゆらゆら揺らして
母性が呼んでいる
暮色《ぼしょく》の
夕暮れ色の

だからさ
あの赤い乳を吸いに
行かなきゃならない

ぼくは母性の
永遠の子供だから
あの硬く張った乳房の痛みを
和らげてあげなきゃならないんだ

一日の乳を吸うと
乳房はやっと和らいで
闇にすやすや落ちてゆく
すると今度はぼくが
星に届く

# 族館

水族館で
床から天上まで
ガラスの筒が通っていて
中をアザラシが
すーっ
すーっ
と泳いでゆく
のを見たことがある

つくりはまったく同じだが
部屋は真っ暗で
青白く光る筒の中を
アザラシに似た
白いぼんやりしたものが
すーっ
すーっ
と通ってゆく
のをいつまでも見ていた

魂《こん》族館だったろうか

# 知らない子

折あるごとに
知らない子が私の名を呼ぶ
知らない子は知らない子だが
同じ子だ
街角ですれ違いざまに
あるいはいきなり玄関に立って
呼び捨てで私の名を呼ぶので
あるときは返事をし
あるときは返事もしないが

どちらにしても
さびしそうに去って行く

いや、待てよ
もしかしたら
あの子は私の名を呼んでるんじゃなく
ひょっとして
自分の名を名乗ってるんでは？

今度会ったら呼ばれる前に
あの子の名を
（私の名を）

大きな声で呼んでみよう
もしそうなら
嬉しそうに
やっと分かってくれたというように
笑ってうなずくに違いない

きっとそうだ
だってあの子は
知らない子じゃないんだから
見覚えのある
懐かしい
もっと知らなきゃ
いけなかった子なんだから

# 落想

生む前の人は
どこか鈍感になって
ぼんやり空なんか見ている
なかでは
たいへんなことが起こっているというのに
だからこそかどうか
ぼんやりして
海も見たくなる
そうやって

空とか
海とか
彼方とかに思いを薄めて
なにも感じないようにしながら
なかで育っているものの邪魔をしないように
ぼんやりしている

するとある日突然
思いもかけず
落ちてくるものがあるのだ

# クラウド

クラウドってあるじゃない?
ぼくもよくは知らないんだけど
ほら、コンピューターで
雲に
大量の情報が集約されてる
みたいなイメージの
あれと同じで
たとえばぼくらが輪廻転生を繰り返してて
そのときどきの生の記憶が

雲に集約されてるとして
だよ

アクセス方法は
傘を開くだけ
するとちゃんと
傘を目指して
降ってくるんだ
前世の記憶ってやつが
パラパラと
ザアザアと
ゴウゴウと

聞き取れやしないけど
なんかなつかしく
過ぎてしまえば
匂いまで

# ほたるび

ほーほーほーたるこい

ぼくらは夜になると
川辺をさまよいたくて
じりじりする

あっちのみーずはにーがいぞ

苦くても甘くても
あっちの水はきっと永遠の味で
地上の有限を生ききった後でないと味わえないから
この肉体のかごの中で
こうしてじりじりと燃えているんだ

# かなしみ

不用意に
開け放した扉から
ある日それはやってきた
影色の
猫の形をして
深い瞳で私を見つめる

そのまま居着いて

甘えるように纏《まと》いつく
払っても払っても
気づけばきっとそこにいて
いつしか愛しくなってくる
やわらかく
抱いて寝たりもし始める

が、時に引っ掻く
閃く爪で
繰り返し繰り返し
同じところを掻いてくる
血さえ滲むが
それでも離せず

搔かれても搔き乱されても
むしろ強く抱きしめる

入ってきたのは、あの扉
君の去った扉から！
もうとうに忘れたはず
なのにこんなに遅れてやってきて！

胸の抉りに耐えかねて
さらに強く抱きしめる
鍵を掛けて
外には出さない

# 運搬

どうしてこんなことになったのか
水槽を抱えて
路地を歩いている
誰かに頼まれたのか
どこまで運べばいいのか
揺れる水の中には
鯰《なまず》だろうか
黒くぬめっとした
大きなやつが一ぴき

もう日が暮れてしまった
腕も足も痺れてきた
路地は入り組みながら
永遠と続いてゆく
軒下の窓には灯りが点り
夕餉《ゆうげ》の匂いや
団欒《だんらん》の声が洩れてくる
ぼくはひとりで
運んでゆかなきゃならない
どこかで女の声がすると思ったら
水槽の底で
そいつがないていた

# 魂《たま》ころりん

すっころんで魂消《たまげ》た
いや、消えたのではない、ころげ出たのだ
遅刻しそうで、走り込んだ駅で派手に
すっころんで魂ころげた

ころりんころりん、魂はころがってゆく
階段を下ってころりん、道を渡ってころりん
やがて上り坂でもころりん、右折左折ころりん

ころりんころがってゆくのを追っかけながら
ころがっているのではない逃げているのだ
と気づいた、この俺から

女房に逃げられてはじめて女房への仕打ちに気づいた
というのは昔からよく聞く話だが
魂に逃げられてはじめて魂への仕打ちに気づいた
というのはまだ聞いたことがない
聞いたことはないけれど
ころりんころりん
忙しいのにかまけてあんましかまってやれなかったし
(あんなことやらこんなことやら)
いじめるようなことさえして

逃げ出すのも無理はない

俺が悪かった
戻ってきてくれ
お前がいないと俺は生きてゆけない
後生だから一生大事にするから
と痛む足とこころをひきひき
おーい戻ってきてくれよ
くれなきゃ途方に暮れて迷子になるよ
お願いだからオーマイゴッ！

# 黄昏

夕陽のスープをつくろうと
夕陽を煮込む
とろとろと何日も
いや、何ヶ月
何年
何世紀
のあいだずっと暮れ泥む
夕焼けが広がっている

泥んだスープを掻き回す
のがどうやらぼくの仕事らしい
誰かに命じられたはずだが誰だったか
こうしているうちにとろとろと
きおくとか
つきひとか
とろ火にかけた大鍋のなかで
とろけてゆく

たれそかれ？
どなたさまに献ずるスープだったか
こうしているうちにとろとろと

じだいとか
じかんとか
とろ火にかけた大鍋のなかで
とろけてしまったが
そのおかたが現れるまで
こうして夕陽のスープを煮込むのが
どうやらぼくの仕事らしい

# 人類がこんなに寂しい春だから

ときどきぼくは爆弾をかかえて
女の中に埋めに行く
女の中に埋ずめて
炸裂の予感にふたり震えながら
寂しさを堰き止めたい

外は花吹雪
ぼくらのかけらで
春を埋め尽くそう

# 深夜手術

世間体の体面を剝ぎ
剝き出しの欲望や感情の
五臓六腑を腑分けして
ようやく一輪の
薔薇を探し当てるのだ

こいつのおかげで随分と胸が痛かったが
夢見るような思いもした

だが、やっぱりだ
萎《しお》れかけている

新鮮な涙を与えてから
もう一度心臓に刺し戻して
縫合する
深夜ひっそりと
そんな手術をすることがある

# なで声

猫なで声というのは
猫をなでる声をいうのか
なでられた猫の声をいうのか
はともかく

魂《たま》なで声というのがあって
魂をなでる声でもあり
なでられた魂の声でもあり

なんともそれは
なつかしい声だ

ただし夜に
なですぎてはいけない
なでているうち
なでているものも
なでられているものも
流れてしまって
声だけがはかなく
なく夜になる

# 長旅

気づけば
旅の途上だ
どこまでも霧深い道を
どこまでも
歩いている

行くにつれ
薄れてゆくものがある

霧に溶けるように
ぼんやりと
さびしいものになりながら
ぼんやりと
歩いている

と、川原に出た
手すさびに
手頃な石を拾って
積んでみる
ひとつひとつ
思い出しそうになるものがあって
熱くあんなに胸を焦がしたなにか

熱くあんなに胸を焦がしただれか
けど
思い出しきれずに
崩れてしまった

霧の合間
対岸にうっすらと
花畑が見える
山も見える
渡らなくてはと
うっすらと
思う

霧の向こうから
だれかが呼ぶ声がした
懐かしい声だが
だれだったか
懐かしい声だが
思い出しきれずに
消えてしまった

# 再会

扉を開けると
なつかしい女が立っていた
ひところは
あんなに毎日会いに来たのに
ここのところ姿を見せず
心配してたんだ

女は恥じらうように

しっぽりほほえんで
愁いの中に
ぼくを抱き入れた

こまやかな女のような
雨と
傘を差して出かけた

## 霖《ながあめ》

秋夜《あきよ》の雨に誘われて
家を出ると
雨の林だ
どこまでも長い雨が林立している

雨の林をさまよううち
ぼくもまた
一本の雨になってしまった
さびしいような
ビニールの花を咲かせて

# 野火《やか》

あれは何の火だろう?
かなたで小さく
青く
燃えているのは
あんなに遠いのに
不安になる
やがては燃え広がってここまで来るのか
あるいはぼくが
引き寄せられてゆくのか

いずれにせよ
いずれはぼくを焼く火だ
ぼくを焼き尽くすことで
ようやく消える火？
焼かれる日まで
それまであの火と
生きてゆかなきゃならない
いや、今となっては
あの火がなければ生きてゆけない
目が離せない
胸が高鳴る
あ、焦がれる

や、少し大きくなったようだ

# 定宿

西の渚に
一軒のホテルがあって
夕陽が泊まっている
夕陽はいつも
まだ夜の明けぬうちに出掛けて
夕方になると
サングラスをかけて帰ってくる
雨の日はひとり昼間から
ホテルの小さなバーで

黙って飲んでいる
誰とも話さない

そんな夕陽を支配人は
名うての殺し屋か
訳ありの革命家ではないかと思っている
が、よけいな詮索はしない
秘密を守るホテルだからだ

それもずいぶん昔の話だ
いつか帰るとホテルは消えていた
愛するホテルを失ってからは

つまらないシティホテルを渡り歩く夕陽らしい

ホテルの名はなんと言ったか？
あれだけ泊まったというのに
思い出せそうで思い出せない
彼方、だったか
ハートブレイク
あるいは、永遠？

# 幸福論

悲しみという名のバーがあって
そこでは悲しいと言ってはならない
号泣はおろか啜り泣きさえ固く禁じられ
片隅にいる猫だけが
涙を許されている

猫の名は幸福論
悲しみの片隅で
今夜も幸福論が
青い涙を浮かべている

# 夜没

ほら、あの少年の足下には
純白の子犬がじゃれついている
買い物帰りの主婦の胸には
紫の花が一輪
あそこを行く背広姿の中年男は
落とした肩に飢えた鸚鵡《おうむ》をとまらせている
チェーンソーを背負った女子高生もいれば
掃除機を引き摺っている老人も
おや、あんな子供用の浮き輪を持って

あれは君？

世界が闇に沈みかけるとき
たまゆら
見えてくるものがある
生き延びなくてはならない
ひたひたと押し寄せ
やがてぼくらを没してしまう夜の海を

なににすがって？

# 運命

強めの風に木がさざめいて
木の上の
星もゆらゆら揺らめいている
星は人の運命を司るから
こんな夜には
胸が騒いで眠れない

海ではきっと波も高い
木の葉も
木の葉の舟に運ばれる命も揺られて
ほら、眠れずに
ざわざわと胸がざわつく

# 昇る夕陽に

朝になると夕陽が昇る
そんな国の
そんな街に住んでいる

だから朝から一日の終わりだ
昇る夕陽に照らされて
一日の終わりを始めなくてはならない

カーテンを開けて
昇る夕陽を眺める
そうして胸をいっぱいにして

さよならだけを
生きてゆくのだこの国では

# コスモス

宇宙も秋まっさかり
星雲は錦に色づき
星がたわわに実っている
真《しん》の空はますます明るく
ほら、銀の河の清《さや》かな流れ

そんな大宇宙の秋の底で
秋桜《コスモス》が揺れている

## あとがき

『魂踏み』と『あめだま』の二冊を同時に出すことにした。

二〇〇九年に第一詩集『曇りの日』を上梓してから、気づけば詩を書かない日々が続いていたが、一三年初頭から再び書き始めた。痛いほどの渇きを覚えたからだ。井戸を掘るような作業を続けてこられたのは、詩誌「びーぐる」の励ましのおかげである。心から感謝申し上げたい。

『魂踏み』には夕陽や魂を巡る詩を多く集めた。『あめだま』は実生活に材をもとめたものが中心になっている。計七一篇で両詩集を編んだ。

今回も（いや、今回は更に）書肆山田の鈴木一民さんと大泉史世さんのお世話になった。感謝してもし尽くせない。校正を担当してくださった方にも。さらに装幀に絵を使わせていただいた故・三嶋典東氏と奥様にも。ありがとうございました。
　詩を書くことは日々を生き抜くことだという思いを深くするこの頃である。

二〇一六年の夏も暮れて　　　能祖將夫

**能祖將夫**（のうそ・まさお）

一九五八年、愛媛県新居浜市生まれ。
二〇〇九年、第一詩集『曇りの日』（書肆山田）。
二〇一五年、第四回びーぐるの新人。
神奈川県相模原市在住。

魂踏み＊著者能祖將夫＊発行二〇一六年一〇月七日初版第一
刷＊装画三嶋典東＊発行者鈴木一民発行所書肆山田東京都豊
島区南池袋二―八―五―三〇一電話〇三―三九八八―七四六
七＊装幀亜令＊組版中島浩印刷精密印刷ターゲット石塚印刷
製本日進堂製本＊ＩＳＢＮ九七八-四-八七九九五-九四五-四